고흐의 마을

송문희 시집

고흐의 마을

달아실 시선
34

달아실

일러두기

1. 본문에서 하단의 〉는 '단락 공백 기호'로 다음 쪽에서 한 연이 새로 시작
   한다는 표시이다.

2. 보조 용언과 합성 명사의 띄어쓰기 등 본문의 맞춤법은 시인의 의도에
   따른 것임.

바람이 몰려온다.
창을 두드리며 진군해오는
저 명료한 발걸음
틈을 비집고 소리치는 바람의 비명
내 안에도 있어
이제 나는 틈을 사랑하려고 한다.
틈의 소리가 詩가 되었다.

두 번째 시집을 내려놓는다.

2020년 늦가을

송문희

1부

갑작스런 슬픔과 마주쳤을 때

그대여 가자

1

어미 떠난 새끼 사자가 동물원에서 맹훈련 중이다 야생
을 잃을까봐 사육사는 깨끗하게 손질한 고기를 던져준다
반려견 같은 사랑스러운 사자는 무딘 발로 쏜살같이 달
려 무딘 이빨로 사정없이 물어뜯는다 무딘 심장 무딘 자
존감… 너는 배부른 반려 사자

2

야생이 살아 있는 가시 돋친 선인장, 사막을 떠나 아파
트 티브이 앞에서 전자파 차단하려 기를 쓰며 가시를 세
우고 있다 공격보다 수비에 집중하는, 조상 대대로 소식
小食하는 삶, 한 달에 한 번 한 모금 달게 마시고 배부르면
죽는다 일찍이 불멸의 제국 완성하려던 선인장은 백 년
만에 꽃을 피우기도 하지

3

너무나 많은 관심과 사랑으로 야생을 잃고 어미의 주머
니에서 다 크도록 젖을 빠는 캥거루들이여, 이제 초원으
로 사막으로 그대여 가자! 어제 나무늘보 한 마리는 천적

이 우글거리는 맹그로브 숲으로 들어갔다지 웃으며 매달
려 있다지 야생에 움이 돋도록

얼룩무늬를 그리다

나무도 허물을 벗는다
몸이 자라 탈피를 하는 바닷게처럼

훌쩍 자란 양버즘나무
솔기가 터진 옷을 일제히 벗어던진다
군데군데 눈부신 속살이 보인다

어느새 봄바람이 치수를 재었을까
새 옷 한 벌씩 나눠주고 있다

수평으로 불던 바람이 허물 벗은 나무에 닿을 때마다
얼룩을 무늬라고 우기는 바람

저 헌옷들
아무도 주워가지 않는다

오래된 가로수길이 탈피 중이다

풀의 공식

길섶에 자라는 한해살이들,
짧은 목숨도 채우지 못하고
오가는 발길에 밟히거나 바퀴에 뭉개진다

풀의 중심은 발길이 닿지 않는 곳

쓸모없는 풀의 목을 잡아채는 찰나
쓱, 손을 베였다
선명한 핏방울,
풀잎은 칼을 어디에 숨겼을까

풀이 살아남는 방식은
뿌리를 단단히 묻는 법
바람에
흔들리며 넘어지며 더 많은 씨를 뿌린다

손에 든 풀물
박박 문질러도 빠지지 않는다

풀의 피가 분명하다

본 것, 못 본 것

이양역지以羊易之
흔종*을 위해 슬프게 끌려가는
소는 보았고 양은 보지 못해
소가 양으로 바뀌는
목숨이 달린 우여곡절

종이 울릴 때 마음이 우는 까닭이다
눈멀어지는 까닭이다

작은 풍경 소리에도 숙연해지는 밤
제야의 종소리를 듣고 한 해 동안
목숨을 부둥켜안고 피 말리는 생은

제 목숨 저가 어찌할 수 없을 때
갑작스런 슬픔과 마주쳤을 때
나쁜 습성을 변명한다

저도 모르는 사이 자리가 뒤바뀌기도 하는
못 본 것들의

뜻 모를 최후가 있다

* 흔종(釁鐘): 새로 주조한 종에 짐승을 잡아 피를 바르는 희생제의.

나를 업데이트하다

SNS는 뜨거운 감자예요
한글 자판에 SNS를 치면 '눈'이 돼요

그 눈으로 보이는 세상에 입장하려고
엄지와 검지가 신이 났지요
세상이 이렇게 재미있는 줄 몰랐다며
하루에 '좋아요'를 수천 번 눌러요

팔로워가 되고 팔로잉이 된다는 것
숫자가 늘어나면 스타가 돼요

이 새로운 눈은 돌변하기 쉬워
'함께' '더불어' '같이'라는 보이지 않는
룰을 지켜야 할 의무가 있지요
눈팅만 하거나 자주 업데이트하지 않으면
금방 잊히는 냉정한 세계예요

눈 모음은 자꾸 생겨나고
부지런히 매달리면 잠을 빼앗기고

게을러진 집은 위태롭지만
꼰대로 몰리지 않으려고 또 두 손이 바빠요

합집합이 되려면 어쩔 수가 없어요
자꾸 업데이트해야만 해요

지금 또 '좋아요'를 클릭하러 가요

핑크 카펫

한산한 지하철 안
핑크 카펫 맞은편 의자에 앉아
왕좌를 바라본다

배불렀던 시절
잠이 쏟아지고 나른해지던 몸
배 속에선 발로 툭툭 차며 살아 있다는 신호를 보내고
손바닥 넓게 펴 태아와 교감하던 다짐은
타인이 잘 알지 못해

배가 불러올수록 숨이 차고
조금만 걸어도
길바닥에 주저앉고 싶을 때도 있었지
만삭이 되면 눕지도 못하고
옆으로 누운 모습은
코끼리를 삼킨 보아뱀
아니나 다를까 모자 같았지
어쩌다 앉아도 허리며 등이며 욱신욱신
배려석은 단비처럼 마음을 적셨지

오래 서 있으면
양수가 터질 것만 같고
아이가 아우성치는 것만 같고
밑이 빠질 것만 같고

양손으로 배를 받치고
뒤뚱뒤뚱 앉을 수 있는 핑크 카펫 왕좌

오도카니 앉아 배불렀던 시절 호명하니
산통의 즐거운 고통을 느끼며
자궁이 꿈틀하는 소리 듣는다

로드킬

길 위의 혈투와 길섶에 풀꽃을 키우는
길은 동물성인가 식물성인가

미처 어둠을 걷어내지 못한 새벽녘
새끼들 거둬 먹이려 일찍 집을 나서는
길 위에서 사는 것들

앞만 보고 걷는 건 목숨을 거는 일
끼이익, 끽
길의 야성이 되살아나는 순간
질주하는 바퀴는 외마디를 삼키고
쏟아지는 뜨거운 피를 핥는다

잠잠히 누워 있던 길들이 벌떡 일어서고
길에 물린
멧돼지, 노루, 고라니는 비명을 이곳에 묻었다

배고픔에 눈먼 것들이
앞산으로 건너가

그저 허기를 채우려 했을 뿐인데,

표범이 사라지고
다시 태어난 신종 포식자

네 개의 발을 가진 길은 맹수보다 더 포악하다

숨뿌리

낙우송落羽松과 마주쳤다
습지에 살아야 할 나무가
청남대 산책로에 발이 묶여 뙤약볕을
온몸으로 받아낸다
푸른 그늘은 나무의 멍
멀리멀리 퍼져가는 나무의 멍을 우리는
근사한 풍경이라고 말하지

잎잎이 날개가 되리라
다짐이 뿌리를 들어올려
바람을 품고 있는 토우의 무리는
땅을 뚫고 나오느라
온통 굳은살 박인 숨뿌리에서
쌕쌕거리는 천식 소리가 들렸다

밤새 건넌방의 가래 뱉는 소리에
문간방은 가슴을 졸였지
아침에 마주치면 눈빛으로 다독여주던
모른 척, 못 들은 척해주던 숨뿌리의 비밀
〉

24

저 바닥에서 숨을 뱉어내는 숨뿌리들
나무를 지켜주는 진시황의 토우라 여기고
모른 척 지나간다
여섯 명 전 대통령의 동상도 못 본 척
아무것도 모르는 척

악다구니

출근길, 도로 위에 새 한 마리
시나브로 걷고 있다

꼬리를 물고선
길의 인내심 떠보려는 듯

역시나

꽥꽥 꽉꽉 왈왈 찌르르찌르르 꼬꼬댁꼬꼬댁
차창을 열고 나온 악다구니가
차도를 메운다

고함이 커질수록
고요해지는 새

한참 지저귀던 소리 가라앉자
호로롱 하늘 높이 날아간다

천연덕스레 해맑아지는 아침

열 개의 자궁

아침마다 여섯 살짜리 꼬마가 한 병원 지하 문이 열리
기를 기다려
　열 개의 유리병이 선반 위에서 반짝이는 것을 바라보았다

유리병에는 수정에서 출산까지 열 명의 태아가 담겨 있고
꼬마는 한 아이가 저렇게 자라고 있구나 생각했다

유리병은 태아의 자궁인 셈,

그 꼬마는 자라면서,
그것이 낙태였을까?
유리병마다 모두 다른 태아였을까?
생각에 미치자, 열 명의 엄마들이 궁금해졌다
또, 열 명의 아빠들이 궁금해졌다

어느 날 병원은 문을 닫았고
태아들은 사라졌다 자궁이 우는 소리가 들렸다

아랫배가 묵지근하다

불편한 잠

뿌리가 뽑혀 떠내려온 몸들
음지에 구겨져 있다
빌딩숲은 야멸치다
햇빛을 끊어버리고 찬바람만 떠먹인다
어떤 나무들은 목에 이름을 걸고
이름을 찍는 순간 회전문이 열린다
지하도로 몰린 풀들은
이름마저 잊어버린 잡초인가
혹여 한곳에 오래 버티면 뿌리내릴 수 있을까
무료 급식에 기대 그 자리에 다시 눕는다
눈총을 덮어쓴 까만 얼굴은
체면을 까먹고 느릿느릿 근육을 줄이고 있다
박스로 구들을 깔고 신문지로 낮잠을 덮었다
지나가는 바람들은 멈춰 서서
무명을 딛고 일어선 가수의
넘치는 햇살을 읽느라 웅크린 잠을 펄럭거린다
불편에 길들여진
노숙의 잠은 금 하나 가지 않는다

별잔치 별천지

밤하늘의 길고 긴 리허설
지상에서의 축제가 시작되었다

별은 별별을 낳고 별의별을 낳고
별잔치는 좋아도 별들의 잔치는 싫어하는
별스러운 별종들은 별나기도 하다

별도 가끔 하늘을 벗어나
사람의 가슴에 브로치처럼 꽂힌다
별처럼 빛나는 스타들은 눈이 부시다

땅은 별꽃을 무수히 피우고
바다는 스타피쉬를 키워 물속에 별을 달고
우리들은 크리스마스트리에 별을 단다

별다방에서 찻잔에 별을 띄워 마셔도
나는 별이 되지는 못했다

결국 셀 수 없는 별은 그저 반짝일 뿐

사방이 별천지다 별 천지다

봄날을 주차하다

마을회관 앞을 지나는데
유모차가 구부정한 할머니를 끌고 오네
관절통인데 앉았지만 말고
동네 한 바퀴 돌라며
나온 김에 동무도 만나라며 회관으로 모시고 오네
여기저기
누구 할매 누구 어매 목소리가 달려오네
숨차다고 회관 문 앞에서
똑같이 유모차를 깔고 앉네
둥글게 앉아 오늘의 안부를 주고받네
어제 같이 뽑은 냉이로 만든 아침
부녀회장이 나눠준 두유로 입가심한 똑같은 일상
유모차는 가끔 삐거덕거리며 끼어드네
숨 가라앉을 새가 없네
진달래 개나리도 한몫하고
저기 들고양이 밥도 걱정이네
건강걷기를 하면 좀 나을까
실버댄스를 하면 더 좋을까
문해교육은 공부할 권리라던데

최신 정보를 한참 주고받다
보행 보조기란 말은 환자 같아 싫다
우린 유모차라 부르자
만장일치로 통과
주차선이 없어도 회관 앞에
쪼르르 똑같은 간격으로 주차하고
구부정한 봄이 회관 문 열고 절룩 들어서네

집밥의 정석

사람은 집밥을 먹어야 돼
바깥 음식은 먹어도 금방 배가 꺼져

이른 아침 도마 소리는
머리맡까지 굴러 들어오네

집밥은 구수한 냄새로
잠을 쫓는 재주가 있네

김치에 나물무침 두어 가지
고등어구이 또는 된장찌개

엄마의 정성과 냄새가 밴
내 입에 딱 맞는 손맛이네

엄마와 뒷설거지 수다는 백미
물방울 수만큼 애정이 쏟아지네

삼시세끼 같은 반찬이 나오는 집밥
엄마의 속 깊은 잔소리는 필수

그늘의 훈계

한여름 사찰을 달군 태양은
고요히 가부좌 튼 보리수나무 정수리를
사정없이 내리쬐고
뜻밖의 죽비에 나무는 참회하듯
고개를 숙인다 숙이고 숙일수록
그늘이 더 커지고 있다
흔들림 없는 복종이라 생각하고 있을 때
그늘로 스며드는 두 사람
비구니와 수녀
초면인 두 사람은
나무의 숨을 들이키다가
눈길이 마주치자
나도 너의 기쁨을 안다는 듯
미소를 짓는다
아름다운 광경이다
셔터를 누르는 사람들 보며
나도 너의 고뇌를 안다는 듯
서로 미소로 다독인다
또다시 셔터를 누르는데
나무 그늘이 푸르르 흔들린다

슬픔 한 권
- 코로나19를 발췌하다

봄의 미열에 화들짝 안부를 묻는다 벚꽃 핀 지 사나흘 아직 구금 중인 사람들 팬데믹을 선언하자 연일 몸서리치고 봄꽃들이 서둘러 낙하하는 향기에도 놀라 손을 씻는다 얼결에 추락하는 영혼들 대책 없는 봄을 자꾸 파묻는다 늘어나는 봄의 무덤에는 꽃이 없다

부활한 예수의 무거운 어깨

바이러스가 마음에도 감염될지 몰라 온라인으로 전하는 사랑의 방식 승승장구 쌓여가는 숫자들의 아우성 주린 비둘기가 연신 부리로 땅을 찍는 봄날 오후의 잔기침, 숨죽이는 평화, 드높아지는 기도 속에 꽃비가 휘청거리며 허공에 날린다 찢겨나간 페이지로 세상은 얼마큼 가벼워진 걸까 얼룩진 하루의 첫 장을 또 넘긴다

그리운 바보

바보가 살았다
바보가 죽었다

바보는 세상에 무얼 남겼을까

시간이 지나갈수록
사람들은 바보를 그리워하고
사랑하는 사람을 바보라고 부르기 시작했다

자기더러 바보라고 하면
껄껄 웃고
너도 바보라고 하면
절레절레 웃고

이상한 바보들이 사는 나라
바보이면서 바보인 줄 모르는 가짜 바보들

진짜 바보는 어디 있을까

2부

오래된 아픔에 귀가 멀어질 때

밤꽃

고속도로는 졸음 단속 중이란다
졸음 쉼터에서 졸고 있단다

발라드, 클래식은 자장가,
신나는 트롯을 흔들며 달린다
유월의 산은 흰 꽃으로 뒤덮여
너울너울 춤을 추며 흥을 돋운다
그 바람에 창을 열자 어렵쇼!
산이 탄다
확확 속살까지 타들어가는 냄새
설마, 설마 저 밤꽃향이?

휘감는 향기가 눈꺼풀에 내려앉아
남풍은 다홍으로 나동그라지고
오지게 타는 밤꽃향 떨치려고
액셀을 밟는다

졸음운전 유발한 밤나무
밤꽃향 흩뿌린 죄, 도로교통법 위반이다

프리저브드 플라워

아름다운 순간에 정지한
주름도 빛바램도 없는 활짝 핀 꽃

오래오래 보려고
꽃의 목을 베어
붉은 물에 머리통을 담그고
충분히 색을 입혀 처리를 한다

생생하고 아름다운
산 듯 죽은, 꽃의 미라가 태어난다

불쑥,
평생 활짝 피어 있어야 하는 꽃에게
멋모르고 용액을 힘차게 빨아들인 줄기에게
미안하다

절정을 가둔 내게
저 꽃은 아직 할 말이 남았다

검은 눈물

아프리카의 눈물을 보다가 생각한다

다큐는 자연을 자연스럽게 하려다 망치기도 하지
벌거벗은 원주민은 치렁치렁하고 울긋불긋하다
원주민 여자는 발가벗은 게 아니라 아무것도 걸치지 않
은 것
원주민 남자도 맨몸, 문명이 무색하다
뱀의 꾐에 빠진 적 없고, 무화과나무도 없는
거기가 에덴동산인가 아직 창세기인가
총을 사용하는 알몸들
어쩌면 그들은 총(gun)기 시대를 살고 있는가

아내들과 아이들을 데리고 공동체를 이룬 남편들은
강 건너 적으로부터 부족을 지키는 전사
목숨 걸고 제자리를 지켜내는 것
서열을 모르는 일부다처제 아내들도 역할에 충실하다

하악에 끼운 제법 굵은 나무가 그들의 눈엔 보석이다
아름다움을 위해 찢는 것도, 괴상한 것을 넣는 것도,

다만 우리가 그들을 바라보는 의미가 다를 뿐

저 맨몸으로 출렁이는 치열한 삶을
모자이크로 굳이 편집하는 문명이여

그들의 성聖을 성性적으로 보는 방식은 틀렸다

자연을 자연 그대로 보고 감격한 눈물이
아프리카의 눈물이다

고래의 식사

바다가 한입이다
찰나에 쓸어 넣는 고래의 식사법

그러므로 편식은 없겠다
입가 수염이 알아서 골라내겠다
거품 기둥으로 먹이를 가두어
아래에서 입을 벌려 수면 위로 상승하며
싹 먹어치우는 식사법
생김새완 달리 바다의 폭군이겠다

고래가 신문에 났다
그동안 소화하지 못한 것들을 토해놓았다
그렇게 백사장에서 죽어간 고래의 음식은
플라스틱, 캔, 유리병, 풍선 등등

고래의 식습관 탓이라 하는 댓글
댓글이 고래를 두 번 죽였다

댓글을 반성한다

뭍은 무덤이다 누누이 말하던 바다
이제야 되뇌며 뭍에 누운 고래

고래는 바다를 살리기 위해 그것들을 삼켰을까
바다의 생명들을 위해 한 몸 바친
삼가 故 고래의 명복을 빈다

고래의 숨소리가 아련하다

삼세판

그 어렵던 가난에도
독한 잔소리에도
끊지 못한 술

늘그막 단 하나의 즐거움
며칠 전 끊었다는데

처갓길 맨 먼저 챙겨온 술 한 병
끊은 줄도 모르고
즐겁게 내놓는 사위 얼굴
황망히 바라보다가

에라 모르겠다
삼세판이다

한 잔 따라보게나

12월에게

아픔이 울고 간 평화는 고요했다 그해 가장 먼 시간까지 견디느라 작은 아픔이 무한대로 커지는 동안 눈에 보이는 아픔들이 오래된 아픔에 귀가 멀어질 때

먼 가지 끝에 달린 슬픔의 무게가 점점 커져 이젠 어떤 슬픔에도 다시 시를 쓸 수 없을 때

슬픔이 사라진다는 것은 친구가 사라지는 것만큼 고통스러운 일일까 가지 끝 새 한 마리 한참 마주보다 날아간 뒤 메마른 자리에 다시 슬픔이 고일 때

십이월, 너가 떠나고 한참 뒤 삶은 아름다운 슬픔이라는 것을, 시는 아름다운 고통이라는 것을, 삶의 절반은 슬픔인 것을 알았다

한바탕 사랑이 울고 간 계절의 뒤편이 젖어 있다

귀

알고 보면 조용히 바쁜 귀
침묵하고 눈을 감아도 홀로 소리에 닿는 귀
생의 마지막까지 듣는 귀

잘 듣는 귀는 삶의 참 스승인데
머리카락 뒤에서 숨바꼭질 하는 얕은 귀도 있다

안경의 두 다리도 잡아주고
번쩍이는 귀걸이도 받아주는

귀는 알고 있지
건성건성 끄덕이며 넘어가는
한쪽 귀로 듣고
한쪽 귀로 흘리는 얕은 가슴을

모든 걸 듣고도 모른 척 하는

귀는 뜨거울 때
두 손으로 제 몸 감싸고

고뇌할 때
소리를 닫고 칩거하는

귀의 문은 입에 달렸다
가끔 입을 걸기도 한다

폐가

숭숭 구멍 뚫린 담장
민들레가 채운 노란 단추 덕에
아직 쓰러지지 않았다

속절없다 생각하던 바람은
잠 못 들어 빈집 구석구석 들추느라
간혹 세간살이 떨어뜨려
잠자던 집을 깨우곤 했다

빈집에 사는 비장한 외로움이
안방에 들고양이를 들였다
이대로 끝낼 수 없다는 듯

이제 구멍들은 명분이 생겼다
새끼들 온 집을 헤집는 동안 생기가 돋은 집은
사랑채 통째로 내어주고도
대청 오르내리는 것들에게 드림줄도 양보했다

거미 한 마리

기둥과 천정을 거미줄로 친친 동여매어
집을 붙들고 있는 사이

들고양이는
새끼를 낳고 또 낳고
사람 대신
빈집에 숨 덧붙이며

명당의 명줄 이어가고 있었다

외딴 섬

골목에 널린 파지를
조금조금 줍는 노인

고개를 조금 들고
조금조금 리어카에 싣네

조금조금 걷는 걸음이
조금조금 리어카를 끄네

리어카는 끼익끼익
조금조금 끌려가네

허리 굽은 안간힘이
조금조금 비탈길을 끌어 올리네

보청기가 윙윙 바람을 끌고 오네

길은 조금조금 노인을 따르네
노인은 조금조금 길을 버리네

찬란한 이별

꽃샘추위에 벗나무 겨드랑이까지
소복소복 눈꽃이 피었다

벗나무는 마지막 한 잎까지
아름답게 지도록 시린 가지를 붙잡고 서 있다

활활 피고 훨훨 지는
꽃비 속에서
꽃눈 속에서

얼음처럼 투명한 바람만 자유롭다

저 시린 만남에
겨울의 꼬리는 점점 짧아진다

눈꽃은 눈물이 되어 봄의 발등을 적신다

이렇듯
이별은 사나흘이면 족하다

노랑나비

슬픔을 묻고 내려오는 길

노랑나비 한 마리
어깨에 앉았다 팔에 앉았다
인사하듯
다독이듯
울음이듯

앉을 때마다
마음도 덜컥덜컥 내려앉는데

산을 다 내려오자
배웅을 마쳤다는 듯
산으로 날아가네
거기로 돌아가네

해마다 오월이면
내 사는 곳 찾아오는 노랑나비
〉

잘 사느냐 묻지도 않고
떠날 때마다

덜컥, 마음이 내려앉는데

늙은 호박

지리산 둘레 길
돌담 위에 누워 있는 황금빛 가을 한 덩이
볕에 잘 여물었다

일찌감치 돌담 위에 자리 잡아
비바람 맞고 땡볕에 단련된 몸
넝쿨째 굴러도 끄떡없겠다

처음엔 풋내 났을 푸른 궁둥이
No touch!는 노다지가 되고
황금 씨앗을 가득 품었다

지나가던 사람들
평퍼짐한 궁둥이에 머리 맞대고 셀카를 찍는다

젊어서는 못생긴 호박이라 놀리더니,

늙으니 몸값이 올라 제대로 대접을 받고 있다

흔들리는 봄

툴툴거리는 용달차 뒤칸
솜사탕 기계에 기댄 채 단잠에 빠진 여자
신호등이 바뀌어도 주춤거리는 사내
길게 늘어선 차량들 쏟아지는 눈총에 뒤통수가 따가워도
그저 따사로운 햇살이려니,
백미러에 비친 사내의 눈엔 하늘하늘 벚꽃이 괜찮다, 괜
찮다 흩날렸다
때마침 팔랑이는 작은 현수막

'사탕보다 달달한 솜사탕 있음'을

'솜사탕보다 달달한 사랑 있음'으로 오독誤讀 하는 사이

비몽사몽 흔들리다 막 깬 봄

조끼말 에피소드

농사일에 평생 고삐가 묶인 어르신들
쉬는 시간이면
교실은 고삐가 풀린다

8학년 순심이 할머니가 꺼낸 조끼말 이야기에
우르르 한술씩 보태는 입들
조끼말은 조끼처럼 입는 단추 달린 젖마개라고
왁자지껄 화색이 돌며 젊은 새댁으로 돌아가는데

자고 일어나니 젖이 커져서
조끼말 단추가 튕겨나갔다는 둥
커질 때마다 천을 잇대야 해서
없는 살림에 고것만 커진다고 야단맞았다는 둥
빨고 나면 줄어서 숨도 쉬기 힘들어
단추 풀어놓고 진종일 방에만 있었다는 둥
조끼말 하나로 모두 청춘이다

다시 노년으로 돌아오는데
10분
〉

끔찍하고 깜깜한 어둠의 고삐 벗어보겠다고
아니 사람답게 살아보겠다고

왈칵 책상 끌어당기는
나이만 먹은 할머니 소녀들

며느리발톱

발톱 하나 더 매달고
한껏 폼을 잡고 걸어가는 덩치 큰 수탉

새끼발톱이 갈라져 자랐다는데
제 다리보다 두 배는 길어
달팽이집처럼 둥글게 말렸는데
내 갈라진 발톱과 이름이 같은
며느리발톱이다

신발 속에 숨은 내 며느리발톱
그 조그만 것
새끼발톱에서 갈라져 살을 파고드는데
꼬옥 누르면
저릿하게 번지는 아픔이 대답이다

수탉 복사뼈에서 튀어나온 저것
당당한 걸음이 왠지 불안하다

닭장 뒤에서 앞치마로 눈물을 닦던

그 어린 새색시

왜 며느리의 이름은 한없이 슬프기만 할까

하필, 사루비아

불타는 날이 있다
불같이 피어나는 때가 있다

그해 사루비아는 불같이 피었다
담장 아래 쪼그려 앉은 사루비아
다디단 꿀에 혀를 댄 아이들
구강기부터 닿으면 쪽쪽 빠는 본능으로
삽시간에 다 빨아먹었다

참혹했다
불이야, 발버둥에 달려갔지만
순식간 휩쓸어버린 뒤
간혹 남은 불씨에 어른들은 뒤통수를 맞았다며
쳐죽일 놈의 세상이라 했다

다시, 담장이 피로 물들었을 때
시뻘건 혀들은 어디로 갔나

샐비어 혹은 깨꽃
〉

하필, 활활활 다 살라버리고

3부

카스토르와 폴룩스가 다복다복 반짝이는

쌍둥이자리

며칠 밤낮 울던 아기는 울음을 그쳤다

울음을 둘둘 말아 부둥켜안고
퍼붓는 빗속으로 뛰어들던 남자
빈손으로 돌아와 몇 날 며칠
죽은 듯 앉아 벽만 바라보았다

쌍둥이라 두 배로 기뻤다
빈자리가 두 배로 아팠다

울음은 말랐지만
빈자리가 흥건했다

매일매일 슬픔에 취해
이별의 노래로 삶을 토하던 남자
여든이 돼서야 술을 끊었다

어느 날 밤,
멀리 쌍둥이자리

카스토르와 폴록스가 다복다복 반짝이는
밤하늘 쳐다보며

남자는 마지막으로 울었다

무가지

다대포로 가는 출근길
출렁이는 파도의 낱장들이
푸르게 파닥이는 아침

밤새 달려온 따끈한 소식들이
지하철 선반에 널렸다
눈이 훑고 가면
금세 식어버리는 일회용 뉴스들

누군가 내던져버린 무게는 밥이다
남루한 아침을 노련하게 자루에 담는 노인

순항을 기원하는 열띤 논쟁이
가끔 제동을 걸고 표류하지만
아랑곳없이 다음 칸으로 건너간다

마구 욱여넣은 무거운 자루가
허리 휜 노인을 단단히 움켜잡는다

등대

칠흑의 밤, 길이 사라져도
어둠을 깨우는 한줄기 빛으로 먼 길 마중을 나갑니다
두근두근 그대를 품은 기다림 항상 여기 있겠노라
약속처럼 서 있습니다

빨강 엄마

사계절 바닥에서 사과 파는 엄마
한겨울 새벽 찬바람 등쌀에 떠밀려
종일 바람 속에서 살다가 바람의 손에 이끌려
어둠을 몰고 들어온다
바람을 벗어나면 꺼져버릴 것처럼
바람의 입술을 뺨에 찍어 바르는 바람꽃이다

그땐 바람의 색깔이 빨강이라 생각했다

엄마를 들여다보면
오랜 노환으로 마른 나무 같다
당뇨 합병증으로 온 망막병증으로
눈이 아파 오래 고생한 엄마는
고생했던 곳이 이상하게 더 반짝인다

사막 같던 엄마의 하루하루가 반짝이고
처절했던 엄마의 인생이 반짝인다

귀가 조금씩 멀어지는 것도 조금 들려서 편타 하고

이가 조금씩 아파오는 것도 조금 먹어서 편타 하고

뭐든 생각하기 나름이라는 엄마는
괜찮다,가 반짝이는 비결이다

빨강으로 빛나는 엄마는,

가문비나무의 구설

푸른 가문비나무 숲으로 들어가
가문비나무 진액에 밀랍을 발라
껌을 씹었던 사람

질긴 그것을 씹는 동안
인생의 달콤한 즐거움을 알았을까
입만 즐거우면 사는 게 즐겁다는 오해라도 깨달았을까

무언가 씹는다는 것
딱딱 소리를 내고 풍선을 불어 터뜨릴 때
솟아나는 희열
씹는 것이 쾌락이라고 생각하다가
껌을 대체할 무언가를 찾다가

이젠 대놓고 사람도 씹는다
쉬운 사람도 껌이고, 붙어 있는 사람도 껌딱지
껌값밖에 안 되는 사람이라고
함부로 씹다가
뱉어버린 껌
〉

씹을수록 쓴맛이 나던 그 껌이

가슴에 딱 달라붙었다

청보리밭

청보리가 필 때면 마음부터 일렁인다

자식 먼저 챙기느라
텅 비어 있던 어머니의 밥그릇이 보인다

가난한 외숙부는 보리쌀 한 가마니 지고 와서
쌀이 아니라서 미안하다
자꾸 미안하다 했다
고마운 사람은 왜 자꾸 미안해하는가
사무쳐 평생 잊지 못하는 미안하다는 말

청보리밭에 가면
굶주려 뼈만 앙상한 아이들이 뭉클
뱃거죽 들러붙은 떠돌이들이 뭉클
배고픈 세상의 모두가 뭉클하다

술렁술렁 보리밭에 번지는
저 푸른 물결 퍼 넣어
마음에 굽이치는 밥을 짓고 싶다

보리밥 고봉으로 떠먹이고 싶다

청보리밭에 다녀오면 오래 잠 뒤척이는 밤이 있다

노브라 챌린지

갈비뼈 부러져
브래지어를 벗었다

마지막 압박 한 장

어쩌다 노브라
유두 보일까 구부정하게 걷다 견통까지 겹쳐
살색 반창고 유두에 붙이고
어깨를 펴면 담담해질까

여자라는 명분으로
몇 겹 철갑 두른 유방
흔들리는 게 당연하거늘

브라 하나 밀어내는 일이 이토록 힘든 일일까

불편한 잠을, 억압을, 브라를
뼛속까지 고된 여자를 벗어버리니,
〉

뜨거운 시선이 가슴에 꽂힌다

보이지 않는 올가미 하나 또 목을 조인다

길에 갇히다

미로공원
전지를 마친 랠란디 사이프러스
어깨와 어깨 맞대고 푸른 벽이 되어
걸음을 가로막는다

ㄹ의 미로에 갇혔다
푸른 벽에 둘러싸인 비밀의 공식을 찾아
길의 빗장을 풀어야 탈출할 수 있다

꼬리만 보여주고 사라지는 길
가까운 길은 수시로 구부러지고
제자리에서 빙빙 돈다

고양이를 던져 훼방 놓는 길
미로공원과 한편인 고양이는
단서가 되는 열쇠, 또는
안 맞는 열쇠

갇혀도 즐거운

웃음소리 나무보다 푸르다

숨겨둔 길을 따라가면 길은
문을 열고 거기에 서 있다

까막눈이 나를
늘 나를 데리고 다녔다

그녀의 블로그를 가다

아름다운 관계를 꿈꾸던 한 사람
그녀 블로그에 간다 속삭이는 그녀의 음성 기억하려고

몇 달 남지 않았대요 이젠 정말 이별을 할 것 같아요

몇 번의 고비를 넘긴 그녀는 마지막을 말하고
나는 지금껏 그랬던 것처럼 아닐 거라고 했지만
그날따라 그녀의 톡은 숨이 찼다

그날부터 하루에도 몇 번 그녀와 카톡을 했다
그녀가 보낸 카톡 소리는 유난히 크고 슬펐다

이젠 죽음에 관해 구체적인 그녀
떠나는 슬픔보다 남겨진 사람들을 오래 걱정한 후
스위스 호스피스를 말할 때, 나는 대답 대신 그녀가 멋
진 죽음을
아니 멋진 삶을 한 번 살고 싶다는 걸, 짐작했다

세상이 사막 같다는 생각에 암담한 날들이 그냥 가고

며칠이 지났을까 나는 몸살을 심하게 앓고 습관처럼
그녀에게 카톡을 보냈다

이젠 스위스에 가도 좋겠다고 생각했다
그게 뭐, 어려울까
훗날 못 견딜 통증이 와서 정말 떠나고 싶을 때
아름다운 정원이 내다뵈는 가까운 곳도 괜찮지 않을까
말하려고 기다렸으나,

끝내 톡은 오지 않았다

복復, 복福

지붕 위에서 흰 와이셔츠 휘이 펄럭이고
젖은 허공이 하얀 윗도리 살포시 끌어안는다

기억한다 슬픔의 절정에서 끝내 돌아오지 못한 숨
사람들은 그제야 허물을 덮고 서로의 등을 다독이는 것을

너에게 옷 한 벌 사 주마
유언이 된 백부의 말씀은 힘들어 죽을 것만 같을 때
세상에서 가장 따뜻한 말이 되어 나를 감싼다

그 말은 절망에서 나를 건져 올리는 힘
온 마음을 다해 사람을 사랑하게 되는
복福을 주는 말이었다

설악화 혹은 설악초

언제부터 눈을 덮어쓰고 있었을까
돌담 아래 흰줄무늬초록이
쪼로로록 피어
눈 덮인 여름이다

흰색과 초록이 반반
꽃일까, 풀일까
흰줄무늬초록 할머니들
하나같이 발간 꽃무늬 옷을 입고
결단코 마음은 파랗다는데

가끔 세 살짜리 손녀가 놀러오면
열댓 명 할머니 재롱잔치를 할 때
얼굴에 환하게 꽃이 핀다

야야야 내 나이가 어때서
공부하기 딱 좋은 나이인데

아무래도 풀보다는 꽃일 게다
눈 덮인 산에 피었다는 흰줄무늬초록꽃

말무덤

예천에 가면 언총言塚이 있다
사발에다 거친 말들을 담아 묻어놓은
주둥개산*

입이 주둥이가 되면
말은 개소리가 된다는,

말무덤 하나가 세상을 고요하게 한다

말의 무덤에도 술을 치고 꽃을 바치는가

내 가슴에 맺힌 말이 있어
사발에다 한껏 쏟아 넣어 무덤을 만들까
거친 말 뱉지 말고 다 묻어버릴까

싸움의 씨앗이 되는 말은
돌고 돌다가 돌이 되어
나의 가슴을 칠 것이니,
〉

나는 오늘 말무덤에 말 묻으러 간다

* 주둥개산: 대죽리를 둘러싼 야산의 형세가 마치 개가 입을 벌리고 있는 듯, 개
  주둥이 모양이어서 '주둥개산'으로 불린다.

바람이 불면 승부역*으로 간다

아무것도 없어도
어쩌다 찾아가도 그대로였으면
세상은 너무 변하고
우리들에겐 변하지 않는 무엇이 필요해
그게 너였으면

홀로 휑한 바람을 만나고 싶어
무작정 차표를 끊는 그 순간
마음은 벌써 이곳에 닿아 있지

작은 대합실 작은 꽃밭
소실점을 향하여 뻗어가는 선로
보면 볼수록 청아한 풍경들
어서와 앉았다 가라 손짓하는 작은 다리
먼 데 집들도 고요를 품고 있네

소소소 마음을 울리는 바람의 잔물결
그대 품처럼 떨리는 하루
〉

"하늘도 세 평이요 / 꽃밭도 세 평이나"

세 평을 노래한 옛 시인의 시비
절경은 이걸로 충분해

천 개의 눈

들에 가득 핀 천인국은
태양 아래 흑적색이 까맣게 보이네
그대 눈동자를 닮았네
노란 귀여운 얼굴에 까만 눈망울
그대 통증으로 두문불출일 때
한 송이 꺾어 현관 앞 계단에
두고 온 적 있네

그대 떠나고 다시 칠월
장마에 초록이 더 짙은
그대 집 앞 들녘에는
풀물 든 마른 발자국에
몰래 다녀간 태양
아니 자그만 수많은 태양이
천 개의 눈으로 피어
지나가는 사람들을 살피네
또렷이 나를 바라보네

나도 멈추어 돌아보네
그대인가 하고

겨울나무

앙상한 나목裸木은
얼음꽃을 지고 등이 시리다

밥 한술 뜬 손끝이 떨리자
아버지가 나를 끌어당긴다
당길 때마다 아버지의 여생이 요동을 친다

나를 먹여 살리는 동안 아버지는
당신의 생을 버려두었을 것이다
나침반 같은 아버지의 손끝
가장 바른 방향을 가리켰으나
나는 반대편으로 달려가
다시 돌아오기를 반복하는 동안
나무는 자꾸 야위었을 것이다

나무를 떠났던 잎들이
다시 돌아와 뿌리를 덮는다

떨림이 시작되는 계절의 이마 위로
햇살 한 줄기 지나간다

거미줄

화장실에서 볼일을 보려는데 거미 한 마리 줄을 타고
내려온다
저도 바쁜 볼일이 있는지 신속하다
못 본 척 치마를 들어 올리는데
놈이 멈추었다
어라,
저것이 몸을 훑어보듯 줄을 타고 주르륵 내려가다
후루룩 올라간다
차르륵 무언가를 찍는 듯

어쭈, 불면 날아갈 것이, 한 치 앞도 못 보는 것이,
남의 것을 허락도 없이?
불법이다

매달린 놈, 줄을 슬쩍 건드렸다
툭 끊어지는 줄,
바닥에 떨어진 놈, 냅다 줄행랑이다

저놈, 화장실 구경 한 번에 제 목숨 걸었다

4부

그 고요한 잎 그늘의 오후를 잊지 못하네

애벌레의 노래

그는 임시 저장소에 들었다
온몸이 골절되어 통깁스 속에 알몸으로
미동도 없이 누운 저 사내

평생 남의 짐을 대신 지던 지게꾼
밥값에 몸을 빌려준
흉터투성이 어깨는 힘겨웠을 것이다

누워서도 세상사에 달관한 듯
작은 기척에도 흥얼흥얼
그의 허밍을 들었다
힘들 때마다 나도 모르게 흥얼거린
소리의 출처를

사고무친이며 행려병자라는 사실보다
누가 쓰다 버린 그리움을 뒤적이다 발견된 먼 과거처럼
기억의 서류철에 끼어 지금껏 묵혀놓은 그것

끝내 우화하지 못한

바람결에 흐느끼던 발버둥
이 한밤 뒤늦게
허물 벗듯 아프게 흔들리고 있는 것을

종소리

외할머니의 옛날 옛적에는 때죽나무가 살았네
몇 알의 열매로 물고기들 떼죽음 당한다는
그 무서운 이야기

때죽나무가 나타나면 어김없이 잠이 달아나버렸네

그런 독하고 무서운 나무를 만났네
계곡을 걷다가
나무가 방금 놓친 꽃이 바위를 하얗게 덮어
꽃섬이 되었네

캘리그라피 밑그림으로 그려 넣은
때죽나무는 그리움의 배경이 되고
나는 종소리를 듣네

그 고요한 잎 그늘의 오후를 잊지 못하네

토막토막 난 기억은 얼기설기 이어져도
순결한 꽃을 피우고 독한 열매를 맺는
때죽나무의 이면은, 그대의 이면 같아서

어떤 유산

유품을 정리하다
사백만 원이 문갑에서 나왔다

빠듯했던 생활고
잦은 병치레로 골골하던 날들
어쩌다 들른 친인척들
쾌유를 빈다, 병원비에 보태라
노잣돈 주듯 속삭이며 푼푼이 쥐어준 돈

얼마나 오래
저것들 만지며 살고 싶었을까
저것들 세며 보태고 싶었을까
선뜻 내놓지 못했던
생존의 질긴 동아줄

남은 건 그것밖에 없어
산 사람 위해 남긴 전 재산

작고한 어느 시인 단칸방엔
땡전 한 푼 없이 꼬깃꼬깃한 유작만 있더라는데

먼 별

화성과 목성 사이
헤아릴 수 없는 소행성 사이 17473FM
락rock의 전설 프레디머큐리행성
미처 별이 되지 못한 사람들
지하도에서 서성이고

자유는 사람을 위대하게 하는가
위태롭게 하는가

길이 남을 명곡들
이 밤 기꺼운 마음으로 부르면
죽음이라는 슬픔마저 노랫소리에 치유가 되는가
죽음은 자유가 되는가

먼 별이 부르는 노래는
우리가 갈망하던 빛
수십 억 광년 먼 데 별과 별 사이 떠돌며
그리움으로 가슴을 울리고
열정과 감성을 울리는 여왕의 노래
〉

그대는 여전히 퀸*이다

* 퀸: 영국의 4인조 락그룹(리드싱어: 프레디 머큐리).

불휘

밀양의 이중以中 선생
자네 호號 불휘가 진광불휘眞光不輝에서 가져온 거냐
물으시네

용비어천가 첫 구절 외다가
마음을 빼앗겼다고 하자

어울리는 호號라고 극찬하시네
무심코 지나친 한글의 아름다움을 깨닫게 한다고

불휘기픈남근부르매아니뮐쏘

찬찬히 읊다가 그 의미 속에 진광불휘도
덧붙이라 하시네

명쾌한 서예가의 흔들리지 않는 일필휘지
초달하듯 고요히 매서운 가르침

참된 빛은 요란하게 번쩍이지 않는다네

꽃차를 마시다

마른 마음이 흠뻑 젖는다

따듯한 찻잔에 국화꽃 한 송이
꼬깃꼬깃 접은 편지를 천천히 천천히
환하게 펼친다

사계절 품었던 바람과 이슬
노랗게 번져간다

내게는 몇 장의 기억이 접혀 있는가

오늘 무슨 바람이 불어
찻잔 들여다보며 너를 기다리는가

사라진 줄 알았던 마지막 가을이
생생하게 떠오른다

접어둔 향기가 그윽하게 가슴을 적신다

커튼콜

또, 또, 또다시 박수를 치십니다. 머리를 다리 아래로 내던지시고, 살점 한 줌 떼어 내다버리시고, 갈비뼈 세 대를 부러뜨리시고,

다시 살아봐라 하십니다. 처음부터 내 것이 아닌 것을 다 가져간들 뭐라 말할 수 있겠냐마는, 살 만하면 내동댕이치시고, 일어서면 잘 일어났다고, 오래오래 귀청 떨어지도록 박수를 치시고,

맨날, 맨손 맨발을 만들어야겠다는 듯, 아무리 당당히 걸어도 뛰어도 매몰차게, 마지막일 것처럼, 분명 같이 웃고 같이 울었던 것 같은데, 쓰다듬었던 것 같은데, 네 곁에 언제나 함께 있겠다면서, 박수를 치시면서,

그게 사랑이라는데요…. 쉬어가라는 뜨거운 마음이라네요…. 무슨 사랑이 이러냐 싶다가도, 한꺼번에 다 가져가지 않고 하나씩 가져가시는 게, 진짜 사랑인가 싶기도 하고,

〉

그렇게 백 년 동안 조금씩 베어가시기를 간곡히 기도드
립니다. 아멘!

나무의 집

허공을 바짝 당겨
하늘을 가린 메타세콰이어
수직으로 무릎을 늘리고 있다

초여름이 타오르는 시간
태양을 등지고 이제는 누워서 길이 된 나무
데크 길 위로 오가는 발길이 분주하다
사람도 나무처럼 될 수 있을까
그늘이 되고 집이 되고 휴식이 되고 위로가 되는
당연해 아무도 고마워하지 않아도
괜찮다고 끄덕이는 나무처럼

여전히 개미들은 부지런히 퍼 나르고
다람쥐는 종일 오르내린다
죽어서야 사람에게 오는
나무에게 그들은 어떤 의미일까

모두의 집이었던 나무는
사람의 집에서도 할 일이 많다

마지막 한 조각까지 쓸모 있기를
그토록 긴 세월을 서서 기도하는 나무

죽은 나무를
사람들은 정성을 다해 매일 닦아준다

나무가 먼저 사람을 품었기에

춤꾼

춤판에 초대되었다
어떤 류의 판이든 꾼은 광기가 있다
꾼을 만난 날은 횡재수다
눈을 판에 꽂으면
꾼의 삶이 지난하리란 애처로움도 잊고
관객을 압도하는 현란한 몸짓에
무지몽매한 관객도
온몸 전율이 흐른다

삶을 몸으로 읽는 순간
빛나는 그녀
최대치의 열광을 위한
열정이 수백만 번 스치고 스쳐
감동이 되고 떨림이 된다

어떤 판이든
꾼은 뭐가 달라도 다르단 말
그녀의 열정이 무대에 불을 붙이고
그녀를 태우고 있다

꽃, 피다

놀라지 마십시오
꽃입니다
조기에 발견되어 다행입니다
방치해두면 뿌리가 더 번질 수 있습니다

몸이 너무 비옥하거나
또는 박토가 되었을 때
잘 핀다고 하지요
큰 꽃은 독성이 있습니다

꽃은 오래전부터
몸속에 몽우리로 맺혔다가
몸에 틈이 생겨
그 자리에 꽃을 피운 것입니다

이 꽃은
그동안 당신이 흘려들은
몸의 아픈 말입니다

물의 상처

쏟아지는 소나기에 강은 으르렁대기 시작했다
내리꽂히는 물 화살에 우묵우묵 패인 강

빗줄기는 날을 세우고
파문은 점점 깊어진다
서두르다 바위에 걸려 넘어지는 강물
손잡아 벌떡 일으키며 물길을 잡는 강

넘어지면 넘어지는 대로
걸리면 걸리는 대로 휘돌아 흘러간다

자식들에 걸려 취하고 넘어졌을 아버지
아침이면 훌훌 털고
다시 길을 잡는 휘청이는 파문

어떤 길을 선택할지 안절부절못할 때
너보다 더 힘든 사람을 생각하며 가라
첫 마음을 잃지 마라
〉

그 말씀에 우리들은 단단하게 여물어갔다

공격적인 비는 그치고,

화살 자국은 일제히 사라졌다
상처는 그렇게 아물었다

고요를 찾다

초행길 소읍
재래시장 안에 성당이 있다는 말에 갸우뚱했다
성당은 무엇을 파는가
성당에서 무엇을 사는가

생선, 과일, 채소 가게를 지나며
호객과 흥정이 넘치는 상인과 손님 사이
이런 질펀하고 활기찬 시장에 성당이 있다니

입구가 활짝 열린 성당에 들어섰다
고요하다

왁자한 길을 지나온 믿는 사람들
어물과 밭작물과 공산품을 지나
성전으로 가는 사람들, 보시니 좋았다*

성경 말씀이 딱 들어맞았을 것이다
기도가 참 맛났을 것이다

* 창세기 1장 10절에서 인용.

첫밭

파지에 걸터앉아 끙끙 앓다가 찾아낸 시어
오늘 발견한 언어는 가슴 떨리는 첫,

누군가 쓰려다 버린 것일지라도
나와 맨 처음 만나는

언어가 태어나려는 순간,
백지는 그 처음을 받아내려는 산파

시 한 줄이 두근두근 순백의 종이에 첫발을 뗀다

헤이, 빗살무늬

신석기시대 빗살무늬토기
내 이름과 소리가 같아 별명이 빗살무늬가 되었던

저 무늬
나무 잎맥에 새겨진,
할머니 얼레빗도 저렇게 빗살이었다

질그릇에 빗살 모양 어슷어슷 긁어 만든
생선뼈 같기도 한

민무늬 항아리가
제 살을 파내는 고통을 거친 그 첫 무늬

어쩌면 그릇의 흉터일지도 몰라
그 질그릇이 움막집 유일한 살림살이였을까

청천강 유역에서 대동강 거쳐 한강으로
빗살무늬로 살던 사람들 모두 어디로 갔을까
서천강에서도 출토된,
〉

빗살창으로 들어오는
빗살무늬 볕뉘

헤이, 빗살무늬야

유달리 큰 소리로 부르던 친구
무, 자가 센 부산 억양이 쩌렁 울린다

출발점

시인은 생가를 버려두었다
집은 고인이 되자 기억을 잃었다
시에 등장하는 것들은
고릿적 일이라고
고개만 절레절레 흔든다

숱하게 이사를 다니던 시절
어머니의 희미한 기억은
하망동 둑 밑 호경이네 옆집을 불러낸다

수해 나던 해를 기억하고
나를 들쳐업고 배꼽까지 차오른 물을 헤쳐
문구점을 지켜낸
물난리를 회상하는 어머니
물이 긋고 간 물금이 이마에 선명하다

그 첫날이 있는 집이 궁금하다
나의 첫걸음이 시작된 곳
〉

저기, 버려진 생가는 뜬금없다는 표정이다

고흐의 마을

그 마을 어귀 당집에
꽃상여가 있다는 아이들의 귀띔에
어른들은 입을 다물었다

열두어 채가 더불어 사는 집성촌
대문 없이 앞마당이 전부 길이다

신새벽, 산 밑 초가에 춤판이 벌어졌다
어제 흑자두를 끼니로 때운 아이에게 치르는 양법
땅에 금을 그어놓고 겨우 서 있는 아이
물바가지를 식칼로 벅벅 긁다가
주문을 외고 멀리 던지는데, 칼의 날개를 본 아이
날아서 바위를 찍고 부메랑이 되어 날아와
물바가지에 꽂히는 걸 보았다고
거짓말이란 말에 바득바득 달려들던 아이

거짓말처럼 배탈이 나았고
원기가 돌아온 아이는 미친 듯 밥을 퍼먹고
땅에 날개를 그리며 진짜를 증명하던 아이
〉

112

나중에 안 그 곡선은 고흐의 그림을 닮았다
신들린 듯 동그라미 속에 밤의 풍경을 그려 넣은
밤마다 당집을 오르내렸다던

땅바닥 그림을 본 아이들은 그곳을
고흐의 마을이라 불렀다

그 후 사라진 아이와 꽃상여가 꿈에 나타나는 날
나머지 아이들은 미친 듯 밥을 퍼먹고 싶더라는
거짓말 같은

저 생명체들과 인간이 잘 어울려 살아야 한다

이승하(시인/중앙대교수)

2020년 올해는 세월이 좀 지나면 어떻게 기록될까. 이 시대를 가리키는 말이 많다. 팬데믹, 우한 코로나, 사회적 거리 두기, 마스크 세대, 질본청, 비대면, 확진자, 재난지원금, 발열 체크…. 매일 100명 이상씩 확진자가 나오고 있느니 만큼 송문희 시인도 부제를 '코로나19를 발췌하다'로 삼은 「슬픔 한 권」 같은 시가 나올 정도로 문학에도 많은 영향을 미치고 있다. 생명을 가진 것들의 생명 현상이 주된 관심사일 수밖에 없다. 우리 인류는 14세기에 페스트도 겪었고 1918년의 스페인독감, 1968년의 홍콩독감도 겪은 바 있다. 이 또한 모두 지나갈 것이라고 스스로를 위로하면서 송문희 시인의 시를 읽어보려고 한다. 시인은 충북 제천시청과 부산 사하구청에서 평생교육사를 한 바 있고 지금은 문해교육사로 활동하고 있다. 그래서 지금 가르치고 있는 할머니들이 이 시의 소재가 되지 않았을 까, 짐작을 해본다.

8학년 순심이 할머니가 꺼낸 조끼말 이야기에
우르르 한술씩 보태는 입들
조끼말은 조끼처럼 입는 단추 달린 젖마개라고
왁자지껄 화색이 돌며 젊은 새댁으로 돌아가는데

자고 일어나니 젖이 커져서
조끼말 단추가 튕겨나갔다는 둥
커질 때마다 천을 잇대야 해서
없는 살림에 고것만 커진다고 야단맞았다는 둥
빨고 나면 줄어서 숨도 쉬기 힘들어
단추 풀어놓고 진종일 방에만 있었다는 둥
조끼말 하나로 모두 청춘이다
— 「조끼말 에피소드」 부분

'조끼말'은 시인이 거주하고 있는 경상도 밀양 지역의 옛말이 아닌가 여겨지는데, 방언사전을 찾아보니 전북 지 방의 사투리로, "조끼 형식의 저고리와 치마가 하나로 붙

은 치마나 속치마"를 가리키는 말이다. 하지만 이 시에서
는 "조끼처럼 입는 단추 달린 젖마개"라고 되어 있으므로
처녀나 젊은 아낙이 가슴에 두르던 옛날식 브래지어가 아
닌가 한다. 할머니들은 순심이 할머니가 꺼낸 조끼말 이
야기에 얼굴에 화색이 돌며 젊은 새댁으로 돌아간다. 각
자 한마디씩 하는데 젖가슴이 하루가 다르게 솟아오르
는 바람에 애를 먹었다는 얘기를 앞다투어 한다. 남성 독
자가 읽기에는 부끄러움을 느끼게 되는데, 할머니들은 그
런 것 같지 않다. 자신의 여성성 내지는 모성을 발현하던
지난날에 대한 기억을 떠올리며 당당하다. 그러나 이들은
"끔찍하고 깜깜한 어둠의 고삐를 벗어보겠다고", "아니
사람답게 살아보겠다고" 왈칵 책상을 끌어당긴다. "농사
일에 평생 고삐가 묶"였기 때문에 배움의 기회를 갖지 못
했고, 이제 비로소 한글을 익혀보고자 학생이 된 할머니
들이다. 천으로 만든 브래지어였으니 빨면 줄어들게 마련
이다. 그걸 다시 사용해야 했으니, 얼마나 답답했을까. 아
니, 얼마나 아팠을까. 하지만 할머니들은 순식간에 과거
로 돌아가 자신의 젊은 날, 팽팽하게 솟아올랐던 그 젖가
슴에 대해서 자랑스럽게 얘기할 수 있다. 이들 할머니들
에게도 젊음은 그렇게 좋은 것이다. 좋은 시절이었던 것
이다. 다음 시는 화자와 시인이 동일인인 것 같은데, 바로
자신의 '유방' 이야기를 하고 있다.

갈비뼈 부러져
브래지어를 벗었다

마지막 압박 한 장

어쩌다 노브라
유두 보일까 구부정하게 걷다 견통까지 겹쳐
살색 반창고 유두에 붙이고
어깨를 펴면 담담해질까

여자라는 명분으로
몇 겹 철갑 두른 유방
흔들리는 게 당연하거늘
—「노브라 챌린지」 전반부

다쳤기 때문에 '노브라'가 될 수밖에 없던 날이 있었나
보다. 브래지어를 함으로써 감춰야만 했던 것을 드러내
게 되었을 때(물론 상의를 입었으므로 유방이 남들에게는
보이지 않는다), 시인은 이런 상념에 잠긴다.

브라 하나 밀어내는 일이 이토록 힘든 일일까

불편한 잠을, 억압을, 브라를

뼛속까지 고된 여자를 벗어버리니,

뜨거운 시선이 가슴에 꽂힌다

보이지 않는 올가미 하나 또 목을 조인다
　　―「노브라 챌린지」 후반부

　브래지어는 가슴을 억압하였고 잠을 불편하게 했다. 그
런데 그것을 벗어버림으로써 화자는 "뼛속까지 고된 여자
를 벗어버"릴 수 있었던 것이다. 문제는 남성의 시선이다.
뜨거운 시선을 가슴에 꽂는 이는 절대로 동성이 아니다.
남성의 뜨거운 시선은 보이지 않는 하나의 올가미였다.
그래서 불편과 억압을 느끼지만 화자는 갈비뼈 다친 곳이
나으면 또다시 브래지어를 할 수밖에 없는 것이다. 우리
사회는 아직도 암암리에 여성이 얌전해야 한다, 정숙해
야 한다, 순종해야 한다는 것을 미덕으로 삼아야 한다고
강조하고 있다. 아니, 강요하고 있다. 시인의 생각은 이와
좀 다르다. 그런 식으로 강요할 것이 아니라 여성을 여성
으로 인정해주어야 한다고 역설하고 있다. 지하철을 타면
임산부석이 있다. 이른바 '핑크 카펫'이다. 거기 앉아 있는
임산부를 본 화자는 자신이 임신했을 때를 회상해본다.

　배가 불러올수록 숨이 차고

조금만 걸어도

길바닥에 주저앉고 싶을 때도 있었지

만삭이 되면 눕지도 못하고

옆으로 누운 모습은

코끼리를 삼킨 보아뱀

아니나 다를까 모자 같았지

어쩌다 앉아도 허리며 등이며 욱신욱신

배려석은 단비처럼 마음을 적셨지

오래 서 있으면

양수가 터질 것만 같고

아이가 아우성치는 것만 같고

밑이 빠질 것만 같고

—「핑크 카펫」 가운데 연

산모가 어디를 가는 것이 이렇게 힘들었다. 그런데 지하철에 그런 자리가 생겨남으로써 "양손으로 배를 받치고 / 뒤뚱뒤뚱 앉을 수 있"게 되었다. 그리고 자신이 배가 불렀을 때를 생각해보니 "산통의 즐거운 고통을 느끼며 / 자궁이 꿈틀하는 소리"를 듣게 된다. 산통이 왜 '즐거운 고통'일까? 새로운 생명 탄생의 바람이 있기 때문이다. 그 바람이 이루어져야 새 생명이 탄생하는 것이다. 비슷한 주제 의식을 갖고 쓴 시를 한 편 더 보자.

아침마다 여섯 살짜리 꼬마가 한 병원 지하 문이 열리기를 기다려
열 개의 유리병이 선반 위에서 반짝이는 것을 바라보았다

유리병에는 수정에서 출산까지 열 명의 태아가 담겨 있고
꼬마는 한 아이가 저렇게 자라고 있구나 생각했다

유리병은 태아의 자궁인 셈,
— 「열 개의 자궁」 가운데 연

　산부인과 병원인가? 자궁 안에서 아기가 자라는 모습
을 열 개의 유리병 안에 넣어서 진열을 해두었나보다. 여
섯 살짜리 꼬마가 유리관 열 개를 보았는데 자라면서 의
문을 갖게 된다. 그 모든 아이가 낙태한 것인가? 모두 다
른 태아들? 다른 엄마들? 다른 아빠들? "어느 날 병원은
문을 닫았고 / 태아들은 사라졌다 자궁이 우는 소리가 들
렸다 // 아랫배가 묵지근하다"로 시를 끝맺고 있는데, 아
이의 시선으로 이 시를 끌고 가다가 어느 순간 화자를 시
인 자신으로 내세운다. 여섯 살 꼬마는 시인의 아이일 적
모습일 수도 있고 자신의 자식일 수도 있다. 생명체에 대
한 애틋한 관심과 애정이 이 시를 끌고 가는 주제 의식이
된다. 타자가 아닌 자신의 어머니를 볼 때는 연민의 정이
더욱더 가슴을 아프게 한다.

엄마를 들여다보면
오랜 노환으로 마른 나무 같다
당뇨 합병증으로 온 망막병증으로
눈이 아파 오래 고생한 엄마는
고생했던 곳이 이상하게 더 반짝인다

사막 같던 엄마의 하루하루가 반짝이고
처절했던 엄마의 인생이 반짝인다

귀가 조금씩 멀어지는 것도 조금 들려서 편타 하고
이가 조금씩 아파오는 것도 조금 먹어서 편타 하고

뭐든 생각하기 나름이라는 엄마는
괜찮다,가 반짝이는 비결이다
　　　　―「빨강 엄마」 후반부

　이 시의 화자가 가공의 인물이건 시인 자신이건 간에
이 땅의 어머니들은 대개 참으면서 살았다. 귀가 멀어도,
이가 아파도 그저 집안의 돈이 자기한테 쓰이게 될까봐
참으며 사는 것이다. 지나친 자기희생이 답답함을 유발하
기도 하지만 어머니들은 그렇게 살아왔다. "괜찮다"고 말
하면서. 이 시의 화자를 가공의 인물로 보건 시인 자신으
로 보건 상관없다. 대체로 우리 윗세대의 어머니는 이와

같이 자기희생의 생을 살았다. 아버지도 자식에게 등골을 빼주는 경우가 많았다. 특히 농사를 짓는 경우, 물려받은 땅이 많으면 또 모르지만 가난을 벗어난다는 것은 아주 힘들거나 불가능한 일이었다.

나를 먹여 살리는 동안 아버지는
당신의 생을 버려두었을 것이다
나침반 같은 아버지의 손끝
가장 바른 방향을 가리켰으나
나는 반대편으로 달려가
다시 돌아오기를 반복하는 동안
나무는 자꾸 야위었을 것이다

나무를 떠났던 잎들이
다시 돌아와 뿌리를 덮는다
　　　―「겨울나무」 부분

　기력이 많이 쇠약해진 화자의 아버지는 이제 큰소리를 치지도 못한다. 앙상한 겨울나무를 연상시키는 아버지는 겨울을 나는 것이 쉽지 않을 것이다. 시인의 시야에 들어온 가족은 이렇듯 연민의 대상이 된다. 부모-자식의 관계는 집집이 케이스가 다 다르다. 너무나 사이가 좋아 주변의 부러움을 사는 집이 있고, 가족 간에 살상 행위가 이뤄

지는 경우도 비일비재하다. 술을 끊기로 한 것은 어느 집의 가장이요 어느 사위의 장인이다. 의사가 술을 끊으라고 해서 며칠 전에 끊었는데 사위가 처갓집에 오면서 하필이면 술을 사왔다.

 그 어렵던 가난에도
 독한 잔소리에도
 끊지 못한 술

 늘그막 단 하나의 즐거움
 며칠 전 끊었다는데

 처갓길 맨 먼저 챙겨온 술 한 병
 끊은 줄도 모르고
 즐겁게 내놓는 사위 얼굴
 황망히 바라보다가

 에라 모르겠다
 삼세판이다

 한 잔 따라보게나
 ―「삼세판」 전문

이런 식의 유머 센스를 다음번 시집에서는 더 많이 밀고 나갔으면 한다. 그런 점에서 유머 센스를 최대한 발휘한 시는 「별잔치 별천지」일 것이다. 본문에 '별'이라는 글자가 21회 나오는데, 조금도 많이 나온다는 생각이 들지 않는다. 이 해설 읽기를 잠시 멈추고 지금 바로 「별잔치 별천지」를 읽어보기 바란다. 사실 이번 시집에는 뭇 생명체에 대한 연민의 정이 아주 강해 이와 같이 유쾌하고 상쾌한 시는 많지 않다. 눈을 돌리면 온통 안쓰러운 생명체뿐이다.

너무나 많은 관심과 사랑으로 야생을 잃고 어미의 주머니에서 다 크도록 젖을 빠는 캥거루들이여, 이제 초원으로 사막으로 그대여 가자! 어제 나무늘보 한 마리는 천적이 우글거리는 맹그로브 숲으로 들어갔다지 웃으며 매달려 있다지 야생에 움이 돋도록

　—「그대여 가자」 부분

이 시의 캥거루는 사회화가 아예 안 되어 집 안에서만 살아가는 일본의 히키코모리 같다. 시인은 우리 사회의 캥거루들에게 초원이나 사막으로 가자고 권유한다. 나무늘보처럼 느림보일지라도 숲에 자진해서 들어가 살라고 권유하기도 한다. 나무늘보가 야생의 움이 돋기를 바라는 것인데, 이런 마음가짐으로 살아가는 시인에게 로드킬로 죽어간 짐승들에게 관심이 가지 않을 수 없다.

배고픔에 눈먼 것들이

앞산으로 건너가

그저 허기를 채우려 했을 뿐인데,

표범이 사라지고

다시 태어난 신종 포식자

네 개의 발을 가진 길은 맹수보다 더 포악하다

—「로드킬」후반부

이 땅의 온갖 야생 동물이 정말 아스팔트 위에서 엄청나게 죽어가고 있다. 맹수에게 잡아먹히는 노루와 고라니보다 신종 포식자인 "네 발을 가진 길"에게 잡아먹히는 것이 더 많을지도 모른다. 인간이 간접적으로 짐승을 남획(濫獲)하는 것이니, 비록 시를 쓰는 사람이지만 이 일을 기록하고 싶은 것이다. "들고양이는 / 새끼를 낳고 또 낳고 / 사람 대신 / 빈집에 숨 덧붙이며 // 명당의 줄을 이어가고 있었다"(「폐가」)고 한다. 짐승들도 어떻게든 종족을 보존하려고, 개체수를 늘리려고, 잘 먹고 지내려고 애를 쓰지만 인간은 그것을 허용하지 않는다. 올무와 덫을 놓아서라도, 사냥총으로라도 죽여야 하는 것이다. 요즈음 고래가 어떻게 죽는지 보도된 적이 있었다.

고래가 신문에 났다
그동안 소화하지 못한 것들을 토해놓았다
그렇게 백사장에서 죽어간 고래의 음식은
플라스틱, 캔, 유리병, 풍선 등등

고래의 식습관 탓이라 하는 댓글
댓글이 고래를 두 번 죽였다

댓글을 반성한다
뭍은 무덤이다 누누이 말하던 바다
이제야 되뇌며 뭍에 누운 고래

고래는 바다를 살리기 위해 그것들을 삼켰을까
바다의 생명들을 위해 한 몸 바친
삼가 故 고래의 명복을 빈다
──「고래의 식사」 후반부

　　고래는 "아래에서 입을 벌려 수면 위로 상승하며 / 싹
먹어치우는 식사법"이 있다. 그래서 "플라스틱, 캔, 유리
병, 풍성 등등"을 잔뜩 먹고 헛배가 불러 백사장에다 이런
것들을 토해놓고 죽는다. 누군가 그 기사에 댓글을 달았
다. 고래의 식습관 탓이라고. 이런 인간이 다 있다. 그래서

시인은 그 인간을 대신하여 반성하고 명복을 빈다. 바다에서 사는 생명체 중 인간이 버린 쓰레기나 유조선 기름 유출로 말미암아 목숨이 위태롭게 된 것들이 참 많은데, 그중에는 멸종의 위기에 다다른 것도 많다.

시인은 사람과 동물의 생명만 다루는 것이 아니다. 이 시집에는 수많은 식물의 종이 목숨을 갖고 살아가고 있다. 그 시편의 수는 10편이 넘는다. 시인의 관심은 시종일관 생명체에 대한 것이다. 그런데 자세히 살펴보면 식물을 다루는 시일지라도 그것은 비유의 대상일 뿐, 대체로 인간에 대한 이야기다.

가끔 세 살짜리 손녀가 놀러오면
열댓 명 할머니 재롱잔치를 할 때
얼굴에 환하게 꽃이 핀다

야야야 내 나이가 어때서
공부하기 딱 좋은 나이인데

아무래도 풀보다는 꽃일 게다
눈 덮인 산에 피었다는 흰줄무늬초록꽃
— 「설악화 혹은 설악초」 후반부

무언가 씹는다는 것

딱딱 소리를 내고 풍선을 불어 터뜨릴 때
솟아나는 희열
씹는 것이 쾌락이라고 생각하다가
껌을 대체할 무언가를 찾다가

이젠 대놓고 사람도 씹는다
쉬운 사람도 껌이고, 붙어 있는 사람도 껌딱지
껌값밖에 안 되는 사람이라고
함부로 씹다가
뱉어버린 껌
── 「가문비나무의 구설」 제 3, 4연

신발 속에 숨은 내 며느리발톱
그 조그만 것
새끼발톱에서 갈라져 살을 파고드는데
꼬옥 누르면
저릿하게 번지는 아픔이 대답이다
── 「며느리발톱」 가운데 연

자, 이런 식이다. 「설악화 혹은 설악초」에는 한글을 배우러(문해교육을 받으러) 모인 할머니들이 나오는데(브래지어를 갖고 웃음꽃을 피웠던 그 할머니들이다), 흰줄무늬초록꽃으로 묘사되고 있다. 가문비나무를 껌의 대용으로 쓸 수도 있는가보다. 그런데 시는 '씹는다'를 '비난하다'의 대유법으로, '껌'을 '쉬운 사람'의 대유법으로 쓰고 있다. 특히 '누구에게 딱 붙어 있는 사람'을 '껌딱지'로, '함부로 씹다가 뱉어버린 껌'을 '껌값밖에 안 되는 사람'으로 씀으로써 4회의 대유법을 사용하여 읽는 재미를 주는 경우도 있다. 풀꽃 이름인 '며느리발톱'도 "닭장 뒤에서 앞치마로 눈물을 닦던 / 그 어린 새색시"를 상징하고자 끌어온 것이다. 이렇듯 식물 이름이 나오는 시가 10편이 넘는데, 거의 다 식물 자체의 특성을 그리는 것이 아니라 인간이라는 생명체를 그리고 있다. 늙은 호박을 다룬 시를 보자.

지리산 둘레 길
돌담 위에 누워 있는 황금빛 가을 한 덩이
볕에 잘 여물었다

일찌감치 돌담 위에 자리 잡아
비바람 맞고 땡볕에 단련된 몸
넝쿨째 굴러도 끄떡없겠다

처음엔 풋내 났을 푸른 궁둥이
No touch!는 노다지가 되고
황금 씨앗을 가득 품었다
>

지나가던 사람들
펑퍼짐한 궁둥이에 머리 맞대고 셀카를 찍는다

젊어서는 못생긴 호박이라 놀리더니,

늙으니 몸값이 올라 제대로 대접을 받고 있다
　　―「늙은 호박」 전문

　큼지막한 늙은 호박은 보기에도 좋고 식용으로도 인정을 받는다. 그런데 풋내 나는 푸른 궁둥이를 갖고 있을 때는 못생긴 호박이라고 놀림을 받았다. 인간 세상의 일로도 바꿔 생각할 수 있지 않을까? 우리 주변에도 보면 젊었을 때는 사람들의 주목을 끌지 못했는데 연륜을 쌓아 갈수록 인간성의 향기를 진하게 풍기는 사람이 있다. 노익장과 노추가 있는 것이다. 이 시도 결국은 늙은 호박에 빗대어 인간을 얘기하는 시로 볼 수 있다. 시인의 인간에 대한 연민은 「검은 눈물」이나 「그녀의 블로그를 가다」 같은 시를 읽으면 더욱 확연히 느낄 수 있을 것이다. 이제 마침내, 이 시집의 표제시를 보도록 하자.

　그 마을 어귀 당집에
　꽃상여가 있다는 아이들의 귀띔에
　어른들은 입을 다물었다
　>

열두어 채가 더불어 사는 집성촌
대문 없이 앞마당이 전부 길이다

신새벽, 산 밑 초가에 춤판이 벌어졌다
어제 흑자두를 끼니로 때운 아이에게 치르는 양법
땅에 금을 그어놓고 겨우 서 있는 아이
물바가지를 식칼로 벅벅 긁다가
주문을 외고 멀리 던지는데, 칼의 날개를 본 아이
날아서 바위를 찍고 부메랑이 되어 날아와
물바가지에 꽂히는 걸 보았다고
거짓말이란 말에 바득바득 달려들던 아이
　　―「고흐의 마을」 전반부

　아무래도 무당이 굿판을 벌이고 있는 광경 같다. 시의
분위기가 다분히 무속적이다. 이 시의 전반부에서는 치병
이 굿의 주된 내용인 듯하지만 나중에 "사라진 아이와 꽃
상여가 꿈에 나타나는 날"로 봐서 극락왕생 같기도 하다.
환상의 세계가 또한 어슴푸레하게 설화를 꾸미고 있다.

거짓말처럼 배탈이 나았고
원기가 돌아온 아이는 미친 듯 밥을 퍼먹고
땅에 날개를 그리며 진짜를 증명하던 아이
　>

나중에 안 그 곡선은 고흐의 그림을 닮았다
신들린 듯 동그라미 속에 밤의 풍경을 그려 넣은
밤마다 당집을 오르내렸다던

땅바닥 그림을 본 아이들은 그곳을
고흐의 마을이라 불렀다

그 후 사라진 아이와 꽃상여가 꿈에 나타나는 날
나머지 아이들은 미친 듯 밥을 퍼먹고 싶더라는
거짓말 같은
—「고흐의 마을」후반부

　　살아 돌아온 아이가 땅에 날개를 그렸는데 그 곡선이
고흐의 그림 같아서 "땅바닥 그림을 본 아이들은 그곳을
/ 고흐의 마을이라 불렀다"고 한다. 이 시는 지금까지 감
상했던 모든 다른 시와 성격을 달리하는데, 왜 시집의 제
목을 이 시의 제목 '고흐의 마을'로 정했는지, 해설자는
솔직히 모르겠다. 아마도 앞으로 자신이 나아갈 또 다른
시의 방향을 이 시가 암시하고 있어서 그런 것이 아닐까.
'거짓말'이라는 시어가 3회 나오는 것도 예사롭지 않다.
앞으로 자신이 쓰는 시는 경험보다는 상상력에 기반할 것
이라고 이 시를 통해 선언한 것일까? 문의해보지 않아서
잘 모르겠지만 퀘스천마크로 남겨두기로 한다. 해설자에

게는 다음 시가 훨씬 중요하다고 여겨진다.

파지에 걸터앉아 끙끙 앓다가 찾아낸 시어
오늘 발견한 언어는 가슴 떨리는 첫,

누군가 쓰려다 버린 것일지라도
나와 맨 처음 만나는

언어가 태어나려는 순간,
백지는 그 처음을 받아내려는 산파

시 한 줄이 두근두근 순백의 종이에 첫발을 뗀다
　　―「첫밧」전문

　　2017년에 낸 첫 시집 『나는 점점 왼편으로 기울어진다』
를 내고 이제 제2시집을 내려는 참인데 이 시의 제목을
'첫밧', 즉 '일이나 행동의 맨 처음 국면'으로 삼았다. 흔
히 "첫밧부터 일이 술술 풀린다"는 식으로 쓰는 말인데,
자세히 보면 자신의 시론이다. 시를 쓰기 위해 자기 앞에
가져다놓은 백지를 "언어가 태어나려는 순간," "그 처음
을 받아내려는 산파"라고 하였다. 이런 각오로 앞으로 시
를 쓸 거라는 결심을 하고 있는 것이다. "파지에 걸터앉아
끙끙 앓다가 찾아낸 시어"로 "두근두근 순백의 종이에 첫

발을 뗀다"는 그 시 한 줄을 위해 시인은 앞으로 더욱더 치열하게 자기 자신과의 싸움을 전개할 것이다. 송문희 시인의 문운이 장구하기를 빌면서 해설 쓰기를 이제 그만 마칠까 한다.

고흐의 마을

1판 1쇄 발행	2020년 11월 30일
지은이	송문희
발행인	윤미소
발행처	(주)달아실출판사
책임편집	박제영
디자인	전형근
마케팅	배상휘
법률자문	김용진
주소	강원도 춘천시 춘천로 17번길 37, 1층
전화	033-241-7661
팩스	033-241-7662
이메일	dalasilmoongo@naver.com
출판등록	2016년 12월 30일 제494호

* 이 도서의 국립중앙도서관 출판예정도서목록(CIP)은 서지정보유통지원시스
  템 홈페이지(http://seoji.nl.go.kr)와 국가자료공동목록시스템(http://www.
  nl.go.kr/kolisnet)에서 이용하실 수 있습니다.(CIP제어번호 : CIP2020046785)
* 잘못된 책은 구입한 곳에서 바꿔드립니다.
* 책값은 뒤표지에 표시되어 있습니다.

이 시집은 2020 경남문화예술진흥원 문화예술지원금을 지원받아 제작되
었습니다.